KB101683

DENMA

S.E. 라미 레코드

양영순

네오
카툰

S.E.

1

태모는 황실 주방에서 백정으로 일했다.
그곳에서 만난 새 남편 존은 아들 조슈아에게
훌륭한 아버지가 돼주었다.

믿음과 소망, 사랑의 메시지를 전하던 성자 조슈아.

그의 설교를 통해 삶의 고통에서 구원을 얻었다는
민중들이 걷잡을 수 없이 늘어나자,

그는 결국 그의 존재에 위협을 느낀
동족의 율법학자들에 의해
십자가 처형을 받게 된다.
율법
율법
황제 폐하! 율법의 기본도 모르는 천한 태생의 사생아가 거짓말로 우민들을 현혹하여…

그리고 사형 집행 당일 새벽,
신 앞에 선 성자 조슈아는
우주의 절대 고독을
경험하게 되는데…

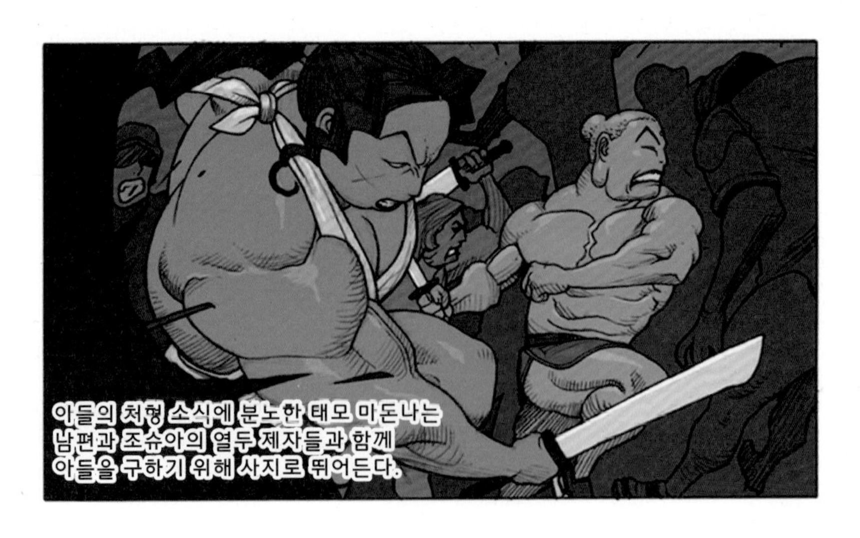
아들의 처형 소식에 분노한 태모 마돈나는
남편과 조슈아의 열두 제자들과 함께
아들을 구하기 위해 사지로 뛰어든다.

여보! 여기는
내게 맡기고 어서
조슈아를…

퍼버벅

남편의 죽음을 뒤로하고 죽어가는
아들을 살리기 위한 태모의 선택은

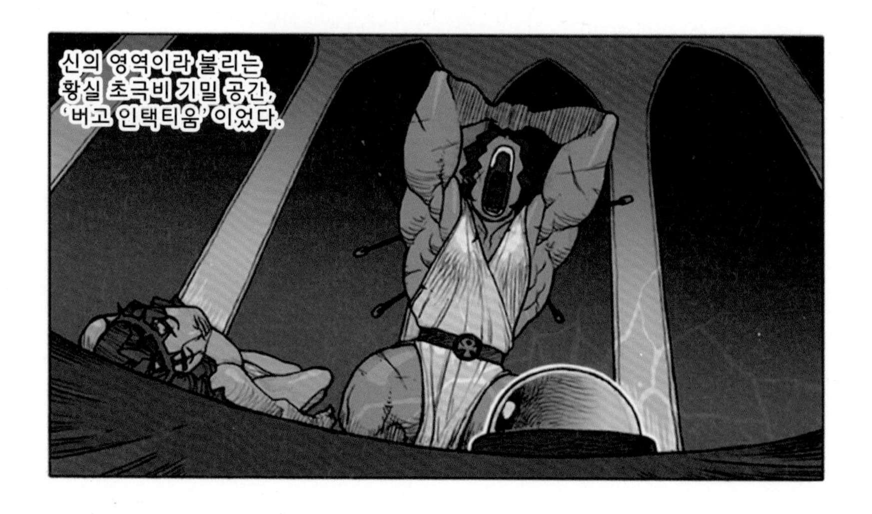
신의 영역이라 불리는
황실 초극비 기밀 공간,
'버고 인택티움' 이었다.

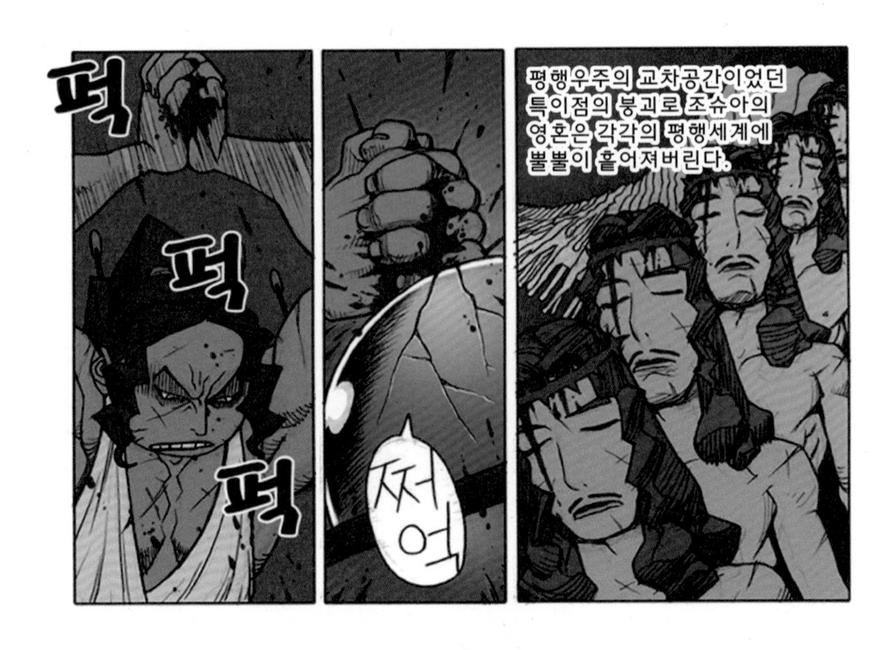
퍽
퍽
퍽
쩌억
평행우주의 교차공간이었던 특이점의 붕괴로 조슈아의 영혼은 각각의 평행세계에 뿔뿔이 흩어져버린다.

보라! 제 뱃속 하나를
채우기 위해
신이 보낸 동족의
아들을 살해한
이 탐욕의 개들아!
신의 아들,
조슈아의 영혼은
죽지 않고
살아남았다!
그는 부활하여
다시 이곳에 올지니
그날이 너희의
마지막이니라!

조슈아의 열두 제자들과 함께한 기적적인 탈출 이후,
사람들은 그녀에게 몰려들기 시작했다.

그리고 고통받는 민중들에게
새로운 설법이 전해지니…

이것이 사랑과 보복의 종단,
태모신교의 기원이다.

라미 누나!
내 체육복!

이놈 새끼!
또 세탁기에서
안 꺼내놨지?
아…

싸우지 말고, 선생님
말씀 잘 듣고!
시끄러워요!

어린이집

우, 씨!
이 계집애가 아직도
입금 안 해놨네.

제 이름은 라미!

라미야!
죽을래? 당장 돈 들고 튀어와!

저희 종단은 태모 마돈나 님과
성 조슈아 님을 섬기고 있답니다.
앞으로는 너랑 거래 안 해.
아잉… 돈미님.

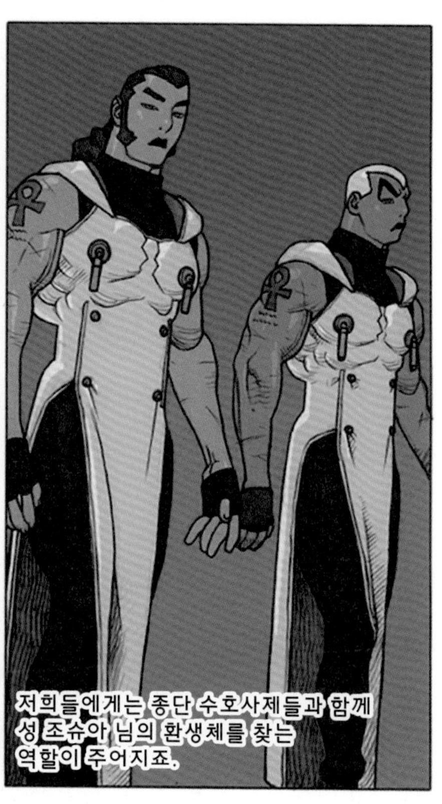
저희들에게는 종단 수호사제들과 함께
성 조슈아 님의 환생체를 찾는
역할이 주어지죠.

그건 저처럼 종단 수석 무녀들인 데바(DEVA)가
장래희망인 경우라면 반드시
완수해야 할 과제이기도 해요.
꺄아아!
어? 저기!
이곳 무화원에는 저처럼 데바가
되려는 친구들이 많아요.

아그네스 님이야!
아그네스 님!
와아아! 우리한테
손 흔들어준다!

우아아… 너무 멋져!
나도 어서 저분처럼
되고 싶어!

아… 그렇게 된다면
얼마나 많은 사람들에게
사랑을 나눠줄 수
있을까?

난 데바가 된다면
고통받는
사람들을
정말 열심히
도울 거란다.
우리 라미는?

종단 무녀용 급료카드,
현재 월 한도액 60만 원!
데바, 최저 월 3천만 원!
데바!
되고 만다!

뭐… 뭐지? 뭔가 속내를 들킨 것 같은 이 느낌…

데바가 되려는 동기는 각기 다르지만(?)
같은 꿈을 가진 친구들의 눈에 보이지 않는 경쟁은
정말 치열하답니다.

* 심방: 성 조슈아의 환생체를 찾기 위해 종단의 지시를 따라 평행세계로 출장 가는 일.

차라리 그 시간에 과외나
더 받게 할 것이지, 우리 같은
예비 귀족들한테 그런 개고생을!
개원 이래 환생체 찾아서
데바(DEVA)가 된 사람은
지금까지 딱 둘뿐이라면서?

심방 나갔다가 재수 없이
사고로 다치거나 죽기라도 하면
기도 한 번으로 끝내면서…
왜 돈 없고 배경 없는
애들 일을 우리한테까지
시키냔 말이야!

그나저나 내일
파티 어쩌지?
어쩌긴 뭘 어째?
저기 돈벌레한테
대리 심방 시켜!

방긋

돈벌레 대리 심방입니다.
내일 파티 있으시다고요? 시세는
잘 아실 테고… 자, 지금 당장
선수금으로 절반,
현금 지급하세요.
어머! 우리 대화가
들렸나봐.
지… 지금 당장
현금으로?

아이 썅! 빨리 안 꺼내?

건… 건들지 마!
이게 바로 천한 것들의
광기야!
근데
나는 왜 돈을
꺼내는 거냐?

내일? 또?
누나는 무슨 심방을
그렇게 자주 다녀?

그렇게 놀러만 다니고
공부는 언제 할래?
이 놈팽이!
지금 하고 있잖아.
제이 너, 누나 올 때까지
소이 잘 돌보고 있어야 돼.
그래,
남자 생겼지?
그래서 막 외박하고
그러려는 거지?
응? 응?
급한 일 생기면 프랑코 수사님이나
유진이 누나한테 전화하고…

툭
!
탁

태궁(Great Delphys), 제 3 관.
평행세계의 교차공간 중의 하나인 이곳 델피스 제3관은
심방이 시작되는 수습 무녀들의 전용공간이랍니다.

3451 02
무화원에서 심방 대행은
원칙적으로는 금지돼 있어요.

염색했어요.
스윽
삑
PASS
물론 우리에겐 그런
원칙들을 뛰어넘는
상호 신뢰가 있지요.

앰플, 여분으로
몇 개 더
넣어주세요.
신원 확인(?)이 끝나면 심방에 필요한 준비물을 넘겨받게 돼요. 그리고…

종단이 정해준 심방 장소와
대상을 확인합니다.
1-307A 지구의
3-48 덴조 씨…
와, 이 교구는
수호사제들
평균 평점이 7.0!
끼
이
익
드디어 교차공간이 열립니다.

매번 심방 때마다 모두들 은근히
기대하는 바가 있으니 바로
멋진 사제와의 로맨스!

지금 방문하는 교구의
제 파트너인 수호사제가
부디 꽃미남이길 잠시
기도해봅니다.

아, 시작됐어요. 교차공간에서 평행세계로 이동할 때 몸과 마음이 여기저기로 퍼지는 듯한 이 오묘한 느낌(보통 이 경우 눈물이 나는 현상이 생겨요)…
아, 뭐랄까요? 여하튼 이거 은근히 중독성이 있답니다.
꽃미남!
꽃미남!
꽃미남!
꽃미남!

* 새끼 사제: 까까머리를 한 연수 4년 차까지의 수습 사제를 일컫는 무녀들의 은어.

보통은 서로 존대를 합니다만,
간혹 이런 개념 없는 새끼 사제들에겐
확실한 우위 관계를 인식시켜줘야 할 필요가 있죠.

라… 라미 무녀님!
저 진심으로 뉘우치고
있거든요.
아, 열라 창피…
시끄러워요,
꽃돌이!

제25회 남북 문화예술제가
열리는 이곳은 북측의
일성문화회관 대강당입니다.
딩동딩동
!
계속해서 우리 남측의
공연이 진행되고 있는데요.
프리마 발레리나인 위니 씨의
독무… 정말 아름답군요.

실례합니다만
여기가 미스터
덴조 씨의…
이분은 이번 심방 대상인
1-307A 지구의 3-48
덴조 씨입니다.
아…
어서
오세요.

저희 종단에서 사전에
연락 받으셨죠?
철컥
철컥
크흡! 뭐야?
이 지옥의 냄새는…
네, 우선
앉으시죠.

으아아…

덴조 씨가 도움을 요청하며 저희에게 공개한 건
한 아름다운 여성의 시신이었습니다.

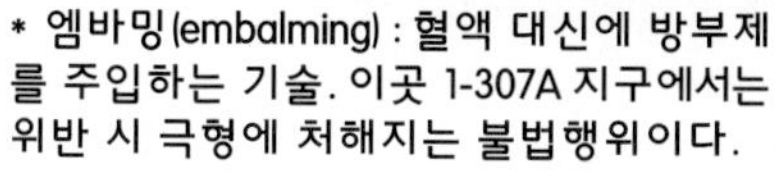
* 엠바밍(embalming) : 혈액 대신에 방부제를 주입하는 기술. 이곳 1-307A 지구에서는 위반 시 극형에 처해지는 불법행위이다.

무엇보다 그녀의 아름다움에 넋을 잃었죠.
눈앞에서 이렇게 예쁜 여자는 처음 봤거든요.
그러고 바로 그녀에게
애틋한 감정이 생겨나더군요.

매일 밤 그녀를
쓰다듬으며…
돼… 됐어요!
궁금하지만
알고 싶지 않아요!

꽃지? 그게 아마도
당신 이름일 테지?
당신을 만나기 전까지 난
단 한 번도 죽음을 원망해
본 적이 없었어.
대체 무슨 사연이 있길래
꽃지 당신은 이승에서
몸을 떠나보내지
못하는 거야?

누군가 인간은
시체를 이리저리 끌고 다니는
작은 영혼이라고 했다네요.

그녀의 몸이 썩지 않는 건
영혼이 갇혀 있기
때문이에요.
그건 이곳에서
아직 이루지 못한
어떤 강렬한 소망
때문이라고 확신해요.
지금의 아름다움을
잃게 되는 건 누구보다도
아쉽지만 그렇다고 그녀를
이렇게 내버려둘 수는 없어요.

죽은 몸은 영혼에겐
지옥이니까…
그녀를 돕고 싶어요.
그녀의 영혼이 더 이상
고통 없이 자유롭길
바라요. 보시다시피
나는 법에서
많이 벗어난 몸이라
자유롭지 못해요.
이곳에서 당신들 태모신교
종단 사람들이라면
이 정도 일은 어렵지 않죠?
그녀가 아직도 이승을
떠나지 못하는
이유를 알고 싶어요.
그리고 그녀의 영혼이
몸에서 떠날 수 있게
도와주세요.

매일 밤 쓰다듬으며
뭘 했다는 걸까?
뭐야? 이 아저씨…
심방이면 보통 고민 상담이나
방 청소, 빨래가 고작인데…

S.E.

2

사체도굴꾼 덴조 씨(아, 이 아저씨… 도대체 뭔가요?)의 뜻밖의 요청.
두 달 전? 꽃지…
아, 여기! 사인은
약물 과다 복용…
자살.
뭐야? 국립 발레단
무용수였네.
우선 꽃지 씨의 장례가 태모신교장으로 치뤄진
사실에서 출발, 그녀의 신원을 확인합니다.
발레? 아, 그래서
발 모양이…

꽃지, 본명은 제아. 국립 발레단 프리마 발레리나.
10살 때, 공산 진영인 북에서 가족도 없이 홀로
일행들과 함께 탈출해 왔군요. 이른바 탈북자.
자유를 찾아 남으로 왔
그녀의 사인이
약물 과다 복용, 자살이라니…
충격인데요.

참, 심방 장소인 이곳은 극심한
이념 대립으로 지난 40년간이나
남과 북으로 분단된 곳이랍니다.
북 (공산 진영)
남 (자유 진영)
덴조 씨 거주지

여기에서 꽃지 씨의 연고라고는
자식으로 입양해준 남측 양부모.

아, 기억나요!
말도 마. 장례식 날
아주 가관이었지.
양부모 측과는 바로 연락이 안 된 관계로
우선 장례를 도왔던 수사님의 말씀에 따라

장례식장에서 행패를 부렸다던
일행들을 찾아나섰습니다.
크레딧 론

갚자

이건 뭐 처음부터
우리 돈을 떼먹을 의도로
돈을 빌려갔으니까
부모 죽인 원수를 용서해도
자기 돈 떼먹는 놈은
잊지 못하는 게
사람 마음인데…
그년이 떼간 돈을
어떻게 메꿔야 할지
정말 난감하다니까요.

대출 담보라고는 그 미끈한
몸뚱이 하나였는데
그렇게 약 처먹고
뒈져버리면 우리보고
어쩌라고?

벼룩의 간을 먹지. 우리 돈을?
그래서 그날 장기라도 떼내려고
갔다가 그쪽 수사님들이랑
실랑이가 생긴 거죠.
울컥
안 돼!
이런 걸로 흥분하면…

저기… 말씀이 좀
지나치시네요. 그쪽 사정은
알겠지만 아무리 그래도
이미 죽은 분한테
그런 식으로…
안 돼!
…아, 제기랄!

아이 썅! 이것들이!
사람 나고 돈 났지.
돈 나고 사람 났어?
벌떡
뭐? 장기를 떼려고?
사람 몸이 물건이야?
돈만 되면 다라 이거야?

뭐야, 이
미친년은?

이봐!
방금 무녀님께 뭐랬어?
당장 허리 숙여
사과드려!
이것들이
아주 쌍으로
지랄을 하네.
태수야,
귀한 분들께 무례하게 굴면
안 되지. 어서! 사과드려!
푸
후
답답한 심정이 앞서서
제 표현에 실수가 있었나
봅니다. 용서하세요.

이 사람아!
주머니에서 손 빼고 허리!
허리를 숙이라고!

죄… 죄송해요,
토마스 사제님.
저 때문에…
아, 그만 저도 모르게
흥분해버렸습니다. -_-;;
저런 무뢰배들한테
험한 소리 듣게 한
제 불찰이죠 뭐.
말하다보니까
그냥 저도 모르게
갑자기 울컥해서…
쬐그만한 애가
성깔 장난 아니네…
억지 사과를 뒤로하고 곧장 국립 발레단으로 향합니다.
수석 무용수의 죽음에 동료들이 거의 오지 않았다는 점이 이상했거든요.

단원 대부분이 현재 북측에서 열리고 있는 남북 문화예술제에 참석 중이었지만
그녀의 동료 몇 사람은 만날 수 있었습니다.
꽃지?
그 안하무인
독종은 왜요?
걔 약 먹고
죽었잖아.
장례식에 갔더라면
그 계집애 무덤에
침을 뱉었을 거야.

동료들의 반응은 냉담했습니다.
거액의 채무에
동료들과의 불화…
그래서 자살을?
뭘 어쨌길래
무덤에 침을…
늦게나마 연락이 닿은 양부모의 집으로 곧장 향합니다.
정말 이상한 건 장례식 참석자 명단에 두 분도 없었다는 거.

대체 그 악마에 대해
내게서 무슨 이야길
기대하는 거죠?
좋아요! 다 말해주지.
대낮부터 술에 취하신 이분은
꽃지 씨의 양어머니,
남편과는 이혼하고 가정은 이미
모두 해체됐다고 하네요.

설득 끝에 양어머니께 우린
충격적인 얘길 듣게 됐어요.
그 아인 악마예요!
난 그 악마가
지옥 불에 떨어지길
원해!

그녀의 말에 의하면 꽃지 씨는 양아버지를 유혹한
천인공노할 패륜아라는 것이었습니다.

도대체…

하루 일정이 끝나고 1-307A 교구로 돌아왔습니다.
심방 절차에 따라 덴조 씨의 혈액 샘플을 먼저 본원으로 보냅니다.
이 앰플들을 태궁 제3관으로 보내주세요.

네, 프랑코 수사님. 심방 일정이 좀…
제이랑 소이 잘 부탁드려요, 네. 네, 감사합니다.

저희가 꽃지 씨의 행적을 묻는다고 전해지자 한 수사님이오후 늦게 방문하셨어요.
이분은 생전 그녀의 담당 수사님이셨대요.

꽃지 자매는…
메피스토 발병자였어요.

메피스토, 일명 좀비병이라고 불리는
치사율 100%의 불치병.
발병 이후 급속도로 좀비의 형상으로
변해가며 대부분 한 달 이내에 사망.

발의 염증 치료 중에
발병 사실을 알게 됐대요.
그리고 채 일주일도
안 돼서…
그나저나 그 의뢰인…
어떤 이유로 그 자매를
알고 싶어 하는 거죠?

혹시 그녀의 무덤
도굴과 관련된 거
아닌가요?
이중에 있죠?
누굽니까?
말씀해주세요.

묘지 도굴 사실이 외부로
알려지면 저희 교구의
매장 사업에…
덴조 씨는 묘지 관리 대행업체의
직원이었군요. 이건 뭐 고양이한테…

죄… 죄송합니다, 수사님.
심방 원칙에 따라
의뢰인에 대한 언급은…

아하, 그건 무녀님이 원하는
결정적인 정보를 드릴 수 없는
제 고해성사의 원칙과
같은 거로군요.
이 영감이 지금…

……
두 달째 시신이
썩지 않고 있어요.

…남자가
있어요.

〈 잠시 이곳은 이승과 저승의 경계 〉

어… 얻다 대고 큰소리야?
너 지금 네가 무슨 짓거리를
하고 있는 줄 알아?

…잘 알아!
내 육신이 썩기 전에
반드시 만나야 할 사람이
있어서 그래.

그러니까…
그러니까
조금만 더 기다려줘.

첨벙
첨벙
철퍽

제아야!

삼촌!

꽃지… 그건
그녀의 어머니가 부르던
아명이에요.

무덤 도굴을 조사 중인 수사님을 뵌 다음 날,
꽃지 씨의 남자라는 테우 씨를 만날 수 있었습니다.
우리가 북에 있었을 때,
제 주변 사람들은 모두
그녀를 본명인 제아로
불렀어요.

물론 수사님을
설득하기가
쉽지는 않았어요.
먼저 누군지 얘기해주지
않는다면 절대 그 이상의
어떤 이야기도…
토마스 사제님.
폰카메라
꺼내세요.
네?

어느새 호흡이 맞고 있던 두 사람…

저분이에요,
어서 이 옷으로
갈아입으세요.
아, 떨리네요.
9시 방향으로 대여섯
걸음 움직이시다가…
철컥
그렇죠!

다섯 걸음
앞으로 전진…
오케이! 이번엔
12시 방향으로 틀어서
직진합니다.

뭐야? 이거
은근히 재밌잖아!
자, 멈추고 이번엔
3시 방향으로…
토마스!

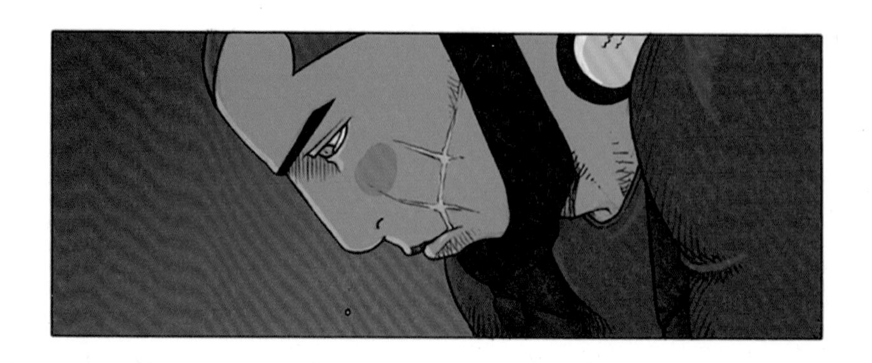

테우 씨는 담담한 어조로 이야기를 시작했습니다.

제아 어머니와 저희 어머니는
둘도 없는 단짝 친구였어요.
반동분자로 몰려 처형당한 남편 때문에
제아네는 무척 어려운 상황이었죠. 그때
어머니가 그분께 많은 의지가 됐습니다.

그리고 이어진 어머니의 제안…
제아의 미래를
생각해봐.
이 지옥에서 굶어
죽게 만들 순 없잖아.
같이 남으로 가자.

원래 계획대로라면 탈북 인원은
다음과 같았죠.

그런데…
누나! 혈육보다
친구가 더 중요해?
어떻게 나한테
이럴 수가 있어?
누나가 월남하면
여기 남은 내가
무슨 꼴을 당할지
몰라서 그래?

당의 외화벌이 전출로 죽은 줄로만 알았던
외삼촌이 갑자기 등장했어요.
자신을 데려가지 않으면 당에 고발하겠다는
협박까지 있었습니다.
국경을 통과할 때 합류지점에서 쓰기로 한
화물차의 한정된 공간…
새로운 계획이 추가돼야 했어요.

그건 제비뽑기로 누군가 한 사람은
제3국의 대사관 진입을
시도하자는 것이었습니다.

자, 가위표가 표시되어 있는
사람이 대사관이야.
그… 그럼
제아 엄마부터…

꽃지야. 넌 테우 오빠랑
테우 삼촌을
따라가야 돼.
싫어! 난 엄마랑
같이 갈 거야.
감시 때문에
가족끼리 움직이는 건
위험해서 그래.
엄마는 우리 꽃지
바로 따라갈 거야.

쪽

엄마가 출근하면서
꽃지 오른쪽 뺨에 그리고
퇴근하면서 왼쪽 뺨에
뽀뽀하잖아.
마찬가지야.
우리 꽃지 왼쪽 뺨에 뽀뽀는
이따가 다시 만나면
해줄게. 알았지?

월남 이후, 지금 제아의 양부모로부터 입양 문제가 오가면서
우리 가족들이 저지른 만행을 저와 제아는 우연히 알게 됐어요.

북쪽과 밀수를 하는 제3국의 장사치가 된 것도 그 때문이었어요.

북측의 당 간부들을 매수해봤지만
좀처럼 움직여주질 않았어요.
그래서 참다못해 제가 직접
나서기로 했습니다.
제아야. 내가 직접
네 어머니를 모시고
올게. 부디 기다려줘.

그리고 입북 과정 중에
그만 지뢰를
밟고 말았습니다.
그런데 막상 제 몸이
이 꼴이 되고 나니까
열렬했던 제아에 대한
제 감정은 완전히
변해버렸어요.
그날 이후, 제아와는
모든 연락을 끊고
지내왔지요.
아마도 이 아이는 제게
무슨 일이 있었는지조차
몰랐을 겁니다.

서… 설마 이런 저를 제아가
지금까지 기다려왔던 건
아니겠죠?
우우웅

테우 씨의 이야기가 마무리될 즈음,
1-307A 교구로부터 한 통의 전화가 걸려왔습니다.

교구에서 만난 사람은 남북 문화예술제 행사를 마치고 먼저 귀국한
동료 프리마 발레리나 위니 씨와 꽃지 씨의 양아버지였습니다.

제아가
발레를 시작한 건
북에 남아 있는
친어머니
때문이었습니다.
꽃지 씨의 시신 앞에서 겨우
감정을 추스른 제우 씨가 먼저
이야기를 꺼냈습니다.

탈북자 관리국에 근무하던 당시,
저는 제아의 안타까운 사연을 듣고
아내와 입양을 결정했죠.
쯧쯔쯔… 부모와 생이별하고
의지할 곳도 없다는데…

입양 때, 제아의 심신 상태는
말이 아니었어요. 북에서 고통받을
어머니 걱정 때문이었습니다.
먹지도 편히 잠들지도 못하는
아이의 모습에 지켜보는
사람들마저 고통스러웠지요.

탈북을 하다 붙잡히면
마오지 탄광으로 끌려가
대부분 그곳에서 살인적인
중노동에 시달리다
죽어갔기 때문입니다.

그러던 어느 날, 탈북자 모임에서 제아를 위로하기 위해 병문안을 왔었죠.
때마침 남북 문화예술제 행사가 생중계되고 있었어요.
어휴… 마오지 탄광에 있는 사람들도 오늘 하루는 쉬겠군.
그때 누군가 생각 못 했던 사실 하나를 환기시켰습니다.

햇빛 정책의 일환으로 시작된 행사는 남측의 양보로
매년 북측 최고위원장의 생일날 진행되고 있거든요.
북은 그러한 사실을 정권 유지의 홍보 수단으로 이용했기 때문에
숨 쉬는 사람이라면 누구라도 이 행사를 시청해야 했습니다.

남측 공연의 하이라이트는 국립 발레단
프리마 발레리나의 독무!
그것은 북의 최고위원장이
가장 좋아하는
남측의 공연이기도 해요.

그때 아이는 북에 있는 어머니에게
자신의 모습과 안부를 전할 수 있는
유일한 방법을 발견했던 겁니다.

지금도 조심스럽게 발레를 배울 수 있게 해달라고
부탁하던 제아의 표정이 생생합니다.
물론 아이의 목적을 알게 된 건
그 후로 몇 해는 지나서였죠.

뚜렷한 목표가 생긴
제아의 집중력과 연습량에
모두들 놀랐습니다.

발레 슈즈가 닳는 속도만큼
기량은 눈에 띄게 늘어갔고
국내 대회 입상 트로피를
몇 개 받는가 싶더니…

대학 입학 즈음해서는
세계 대회에서 두각을 낼 만큼
성장해 있었습니다. 바로
국립 발레단의 러브콜이 있었죠.
제아의 춤추는 모습은
정말 아름다웠습니다.

그즈음
아내의 이상한 오해도
시작됐죠.

꽃지?
꽃지

얘! 명색이 국립 발레단
프리마 발레리나
예명이 이게 뭐니?
촌스럽게…
안 돼!
넌 세계 무대야.
제아라는 예쁜 본명을
쓰라고!

단장님, 제 본명은
너무 흔해서 엄마가 그냥
흘려들을 수도 있어요.
저는 꽃지라는
제 아명을 써야 해요.
뭐?

동료였다는 위니 씨가 이야기를 시작했습니다.

S.E.

3

아야…

네 발가락을 보고
국립 발레단에서
러브콜 오겠다.
이 약을 써봐.
!

남북 문화예술제의 독무는 전 세계 발레계가 주목하는
가장 큰 이슈 중 하나랍니다. 그만큼 경쟁도 치열하죠.
국립 발레단의 연습실은 매일
눈에 안 보이는 전쟁을 치러요.

꺄아!

뭐야, 쟤는?
선배가 쓰러
졌는데도…
자기 혼자만
살면 된다는
거야?

제아는 무엇인가에 쫓기듯 오로지
자신에게만 몰두했어요. 동료들의
따돌림에도 동요가 없었죠.

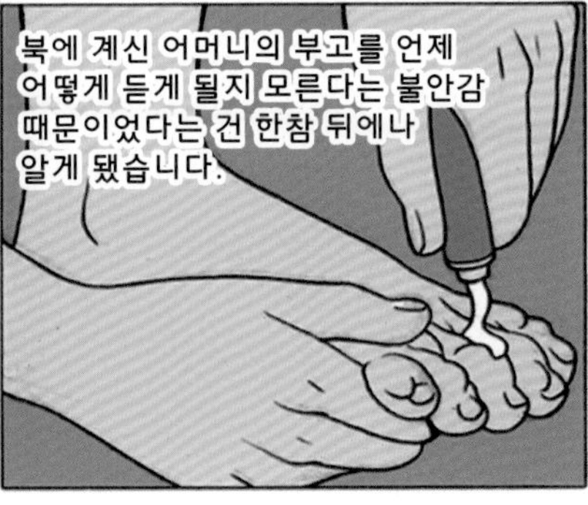
북에 계신 어머니의 부고를 언제
어떻게 듣게 될지 모른다는 불안감
때문이었다는 건 한참 뒤에나
알게 됐습니다.

최고 기량의 선배들을 모두 제치고 독무 일 순위 후보로 낙점됐을 때,
동료들의 시기와 질시는 극에 달했죠.
일 순위로는 제아,
위니, 예인이
그리고 이 순위로는…

하지만 제아의
웃는 표정은
며칠 가지 못했어요.
국립발레단

제아는 상당한 액수의 돈을 당장
구할 만한 곳이 없겠냐고
묻더군요.
위… 위니야.
혹시…
엣? 그렇게
큰돈을 갑자기?

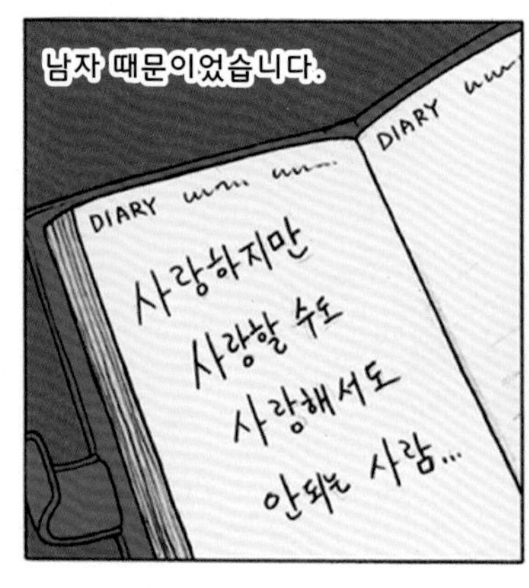
남자 때문이었습니다.
DIARY
사랑하지만
사랑할 수도
사랑해서도
안되는 사람…
DIARY

(이 사람은 꽃지 양어머니)
꽃지
DIARY

나중에 알게 됐습니다만 자기 때문에 지뢰를
밟게 됐대요. 돈은 남자의 목숨과
송환을 가지고 협상한 제3국
밀수업자들의 요구였고요.
제아야, 너도 알다시피
현재 탈북자 모임에서
융통할 수 있는
현금이란 게…

제아, 너 돈이
필요하다며?
내가 거래하는
데가 있는데
이자가 좀
있어서.
근데 뭐…

올해 행사만 치르고 나면
그 정도 액수는 스카웃
계약금으로 금방
메꿀 수 있잖아?
생각 있으면 얘기해.

네.
네.

다시 한 번 부탁드려요.
테우 오빠가 의식을
회복하게 되더라도
절대로 이 일은
비밀로 해주세요. 알게 되면
그 사람… 너무 힘들어
할 거예요.

툭
입국불가

너, 왜 탈북자라는
이야기 안 했니?
지금 네 신상
명세가 북에 알려
지면서 상부에서 무슨
일이 일어난 줄
알기나 해?

다… 단장님…

문화예술제
행사는 잊어.
넌 참가 못 해!

제아가 느꼈을 절망감이 어느 정도였을지 제가 상상할 수 없을 것 같아요.
제아의 신분을 철저히 세탁했다고 믿었는데…
누군가 북측에 밀고하면서 신상 명세가 파헤쳐졌던 겁니다.
그리고 이어진 메피스토 발병… 발의 염증 치료에 써왔던 금지약물 부작용이 원인이었습니다.

엄마…

엄마, 제 모습 보이세요?
저예요, 꽃지…
엄마!

파
삭
살 수 있는 시간이 한 달 정도래요.
탈북자의 시신이 다시 북의 가족들에게 되돌아간 사례가 있다고 들었어요.
엄마 곁으로 가고 싶어요. 도와주세요.

챙

두… 두 사람
지금…

집으로는
되돌아갈 수 없는
상황이어서요…

빗질에 한 움큼씩
빠지는 머리카락

떨어져나가는 손톱

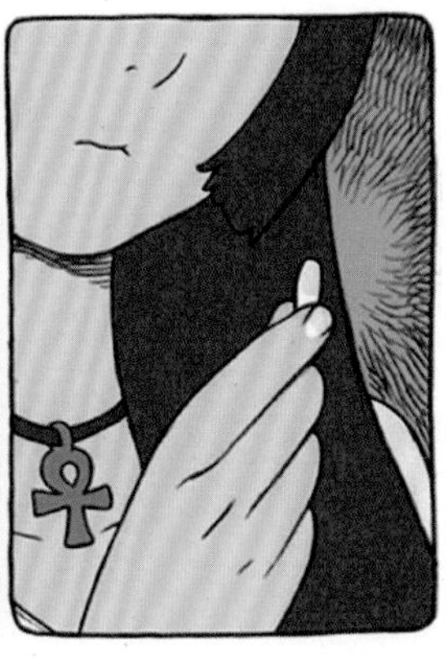

그 순간 아이는 선택해야 했을 겁니다.

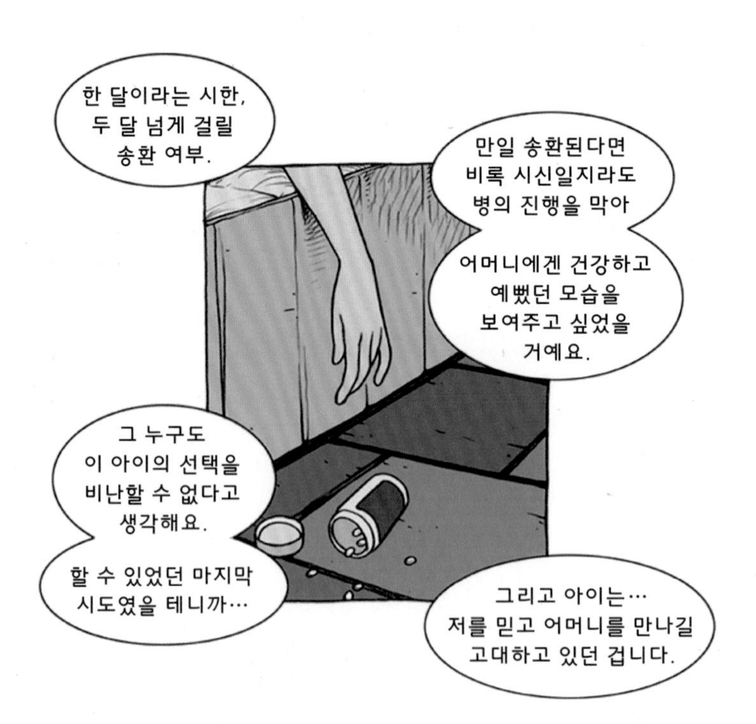

그런데…
제아의 염원과는 달리
남측 진행위원 자격으로
온갖 로비에도 불구하고
끝내
북측에게 시신 송환은
거절당했습니다.
당 간부들에게
제아의 사망 소식만이라도
친어머니께 전해달라고 부탁했던 게
제가 할 수 있는 전부였어요.

꽃지 씨 사연의
주인공은
어머니였어요!
시신이 어머니에게
전해진다면 그럼 그녀의 영혼은
몸에서 해방될 거에요.
양아버지 일행이 다녀간 뒤, 덴조 씨는 확신에 찼습니다.

물론 공감했죠, 하지만…
통제 때문에 북에 있는
우리 교구까지는 절차만
한 달 이상 걸릴 테고…
게다가 이미 한 번
거절당한 케이스라…
아, 태궁을 통해
북쪽 교구로
바로 방문하면?
그걸… 종단에서
허락해 줄까요?
방법이 문제였습니다.

평행세계와 교차공간인 태궁은 심방 임무, 사제단 파견과
종단 사업용으로만 엄격하게 제한, 관리되고 있거든요.
사적인 목적으로 이용하다 작은 부주의로
평행세계의 붕괴를 가져올 수도 있기 때문인데요.

실제로 과거에 루의 이빨이라는 바이러스가
태궁을 통해 건너가 평행 지구 하나를
완전히 죽음의 행성으로 만들어버린
대참사가 있었다고 해요.

저런, 참 안타까운
상황이네요.
그렇지 않아도…
꽃지 자매 생전에 담당 수사님께서도
태궁 이용을 요청해오셨죠.
아…
하지만 끝내 종단으로부터
승인을 얻지 못했어요.

어쩌죠? 라미 자매.
돕고 싶은데 관리국에서 꿈쩍을
안 할 테니…
참, 의뢰인이 꽃지 자매의
시신을 도굴했다고 하던데
아무리 심방의 조건이라지만
교구 입장에서는
계속 좌시할 수만은
없네요.
태궁의 사적인 이용은 해당 교구의 데바들이 종단의 승인을 얻어야만
가능한 일이랍니다. 하지만 허가는 좀처럼 나오지 않는다고 해요.

후우우… 결국
안 되는 걸까?
불쌍해, 꽃지 씨…

!

아, 예술품!

저, 혹시 이러면 어떨까요? 의뢰인 자신은 시체를 소재로 하는 아티스트라고 주장하는데요.
북측 데바님께 양해를 구해 그쪽에서 의뢰인의 예술 작품을 구매할 의사가 있다고 하는 거죠.
종단 입장에선 가치 있는 예술 작품 수집이 중요 사업의 하나니까 충분히 설득할 수 있지 않을까요?
눈으로 확인해보니 마음이 바뀌어서 작품을 남으로 돌려보내며 환불 조치한다는 식이면…

……
지금 날 보고 공문서 위조를 하라는 건가요?
아, 죄… 죄송해요.
그냥 상황이 너무 답답해서…
재밌겠네요. 멋진 아이디어예요. 대신 조건이 있어요.
만일 허가가 난다면 일이 끝나는 대로 시신을 우리 교구로 되돌려줄 것.

앗싸!
우우웅
!
결국 남, 북측 데바님들의 도움으로 반나절 만에
태궁 이용을 종단으로부터 승인받았습니다.
네?

무… 무녀님!
덴조 씨가 꽃지 씨 시신을
강탈당했다는데요.
!

태풍이라도 지나간 듯한 분위기… 정황으로 보아
누구의 소행일지
짐작이 갑니다.
아… 너무
아파요.
내 생전 그런
무지막지한 놈들은
처음 봤어요.
DENZO'S PORTFOLIO
DENZO

사제님. 그건
제 작품집이에요.
조심해서…

치료를 위해 덴조 씨를 모시고 교구로 돌아왔어요.
진술을 바탕으로 시신 찾기에 토마스 사제가 나섰습니다.
늦더라도
저녁때까진
찾아올게요.
몸 조심
하세요.

사형, 저요.
토마스!
아, 도움이 좀
필요해서요.
라미 무녀! 종단에서
태궁 이용 허가를
받았다면서요.
아, 정말
잘됐습니다.
부디…

아앗! 뭐야?
이 사람이었군!

예? 전출요?
어디로요?
몰라, 그건
아직.
아, 씨! 열라
서운한데…

우리 같은 평생
뺑뺑이 팔자가 그렇지.
뭘 새삼스럽게…
그래, 여기가 그 시신을
훔쳤다는 놈들 소굴이야?

크레딧 론
부디 그러길
바라요.
응?

DENZO's
PORTFOLIO

흠…

토마스 사제가 꽃지 씨의 시신을 되찾아온 건 말한 대로 저녁 즈음이었습니다.
문득 개똥과 관련된 속담 하나가 스쳐 지나가네요.

놈들은
예상했던 대로
꽂지 씨의
사채업자들.
무녀님과 절
줄곧 미행했대요.
커헉
도…
도대체…

그 사제놈이
우리한테 무슨 짓을
한 거야?
뭐야? 구경 났어?
경찰… 아니 구조대!
누가 구조대 좀
불러줘!
야! 콧구멍
나오게 찍지 마!
이… 이게
어떻게 된
일이죠?

다음 날, 태궁을 통해 북쪽 교구에 도착했습니다.

시신을 확인한 데바님은 다음과 같은 주의를 주셨어요.

교구 내 도청 장치로 침묵을 유지해야 하는 상황,
꽃지 씨 어머니께 단 한 마디의 언급도 할 수 없다니…
미처 예상치 못했습니다.

꽃지 씨 어머니
꽃지 씨 시신
의사
감시 요원

어머니를 기다리는 꽃지 씨의
시신 앞에서 문득 돌아가신 엄마가
떠오르네요.

엄마는…
그때 심정이 어땠을까?

네. 조심 조심…
왼쪽으로요.

더듬
더듬
!

S.E.

라미레코드

RamiRecord

4

마… 맙소사! 앞을 못 보는 상태…

꽃지 씨 어머니는 그동안의 고문과
고역으로 시력을 잃었던 겁니다.
꽃지 씨 이야기를 적어놓은
메모장은 쓸모가 없게 됐습니다.

진찰실 밖에서는 감시원이
이곳 상황을
도청 중이고

진찰이 끝나는 대로
바로 이곳을 나가야 하는 상황…

어쩌지…?

지금 이 상황에서
뭘 어떻게
해야 하지?

양아버지가 전한
꽃지 씨의 죽음을
당으로부터 들어
알고는 있다지만.
시신이 바로 곁에
있다는 걸 어떻게
알리냐고?

안 돼! 이렇게
망설이다가는
두 번 다시 없는
이 기회를 영영
놓치게 될지도
몰라.

그래!
일단은…

다짜고짜 모녀의 손을 끌어당겨 잡게 했습니다.
…네?

!

의아해하는 꽃지 씨 어머니의 손을 당겨
이번에는 꽃지 씨의 얼굴로 손을 가져갔어요.

흠칫

나머지 쪽지들도
확인하자는 요구는
하지 않을게요.
대사관 진입으로
시선을 돌리는 건…
누군가는 해야 하는
일이니까요.
대신에…
테우 엄마!
내 딸 꽃지…
제아를 잘
부탁해.
난 반드시 꽃지와
다시 만날 거야. 그러니
그때까지…

하아
하아
하아
하아
하아

제… 제아야!
도… 도저히 네 연습량은
못 따라가겠어!
넌 이미 최고잖아!
도대체 무엇 때문에
이렇게까지…
하아
하아

한순간이라도
편하게 쉬고 있으면…
너무 죄송해져…
하아
하아

투둑

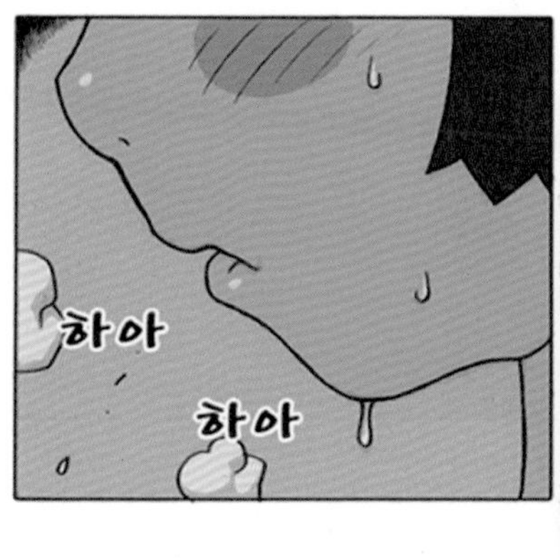
하아
하아

미안… 미안, 내 딸!
엄마가 너무 늦었지?

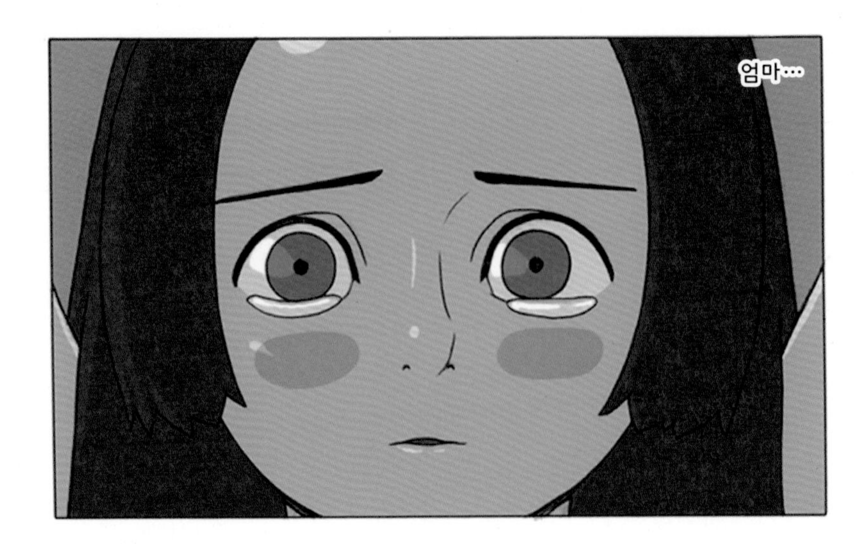
엄마…

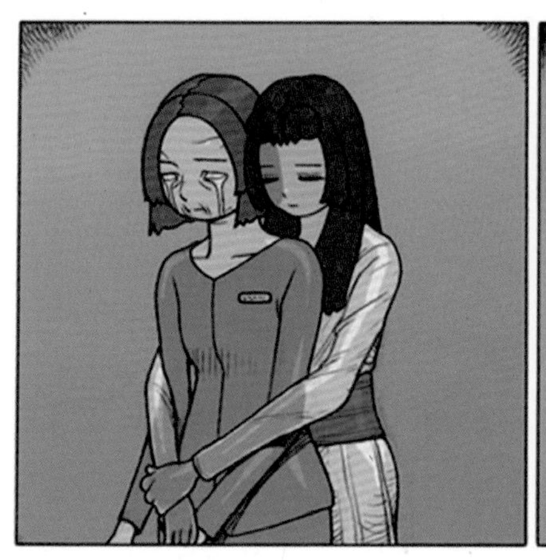

곱게 자랐구나…

촙

엄마가 출근하면서 꽃지 오른쪽 뺨에 그리고 퇴근하면서 왼쪽 뺨에 뽀뽀하잖아.
마찬가지야. 우리 꽃지 왼쪽 뺨에 뽀뽀는 이따가 다시 만나면 해줄게. 알았지?

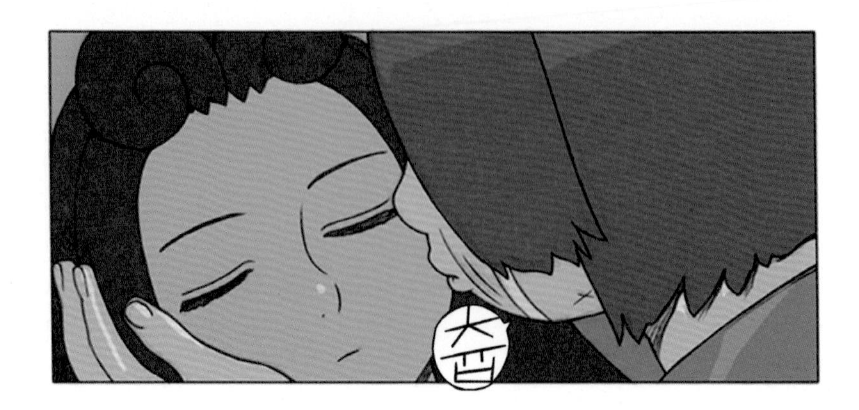

촙

안에 무슨 일이오?
환자분 통증이 심한가 봐요.
진료 끝났으면 바로 나오라고 하시오.

꽃지 씨의 시신과 함께 남측 교구로 되돌아왔습니다.
이제 막 종단 문예국 지원팀이 덴조 씨와
에이전시 계약을 맺었다고 하네요.
!

덴조 씨의 작품들이 문예국의 인정을 받아 종단의 후원을 받게 됐답니다.
아, 이 아저씨… 걱정 많았는데 정말 잘됐네요.
고마워요, 무녀님! 이제 꽃지 씨의 영혼이 편히 쉴 수 있을 거에요.
후아아… 이렇게 마무리가 되는군요.

원래 오시기로 했던 분께 잘 보필해 드릴 테니까 꼭 좀 방문 해달라고 전해주세요.
꽃돌이의 집념이 태모님께 닿을 거예요.

이로써 1-307A 교구의 심방이 끝났습니다.

귀환 다음 날, 여느 때처럼 돈벌레는 부지런히 움직입니다.
푹 자고도 잠이 부족한 듯 약간 멍한 상태…
심방 갔던 곳 사제가 너 꼭 좀 방문하래.
어머, 웬일이니? 내 사진 보고 반했구나! 그 사람 어때? 잘생겼어?
응, 꽃돌이!

다시 일상으로의 복귀,
심방 다녀오고 나면 약간 어리버리해지는 이 느낌…
무녀들은 이걸 심방 증후군이라고 불러요.

라미 무녀님! 정말
뭐라고 감사의 말씀을
올려야 할지요.
덕분에
더 이상 마음 졸이지 않고
창작에만 몰두할 수 있게 됐어요.
정말 감사합니다.
아직 미완성입니다만
메이저 작가의 길로 접어드는
바로 그 첫 작품을 무녀님께
제일 먼저 보여드리고
싶어서…

타이틀은 딸,
여자의 또 하나의 아름다운 이름이에요.

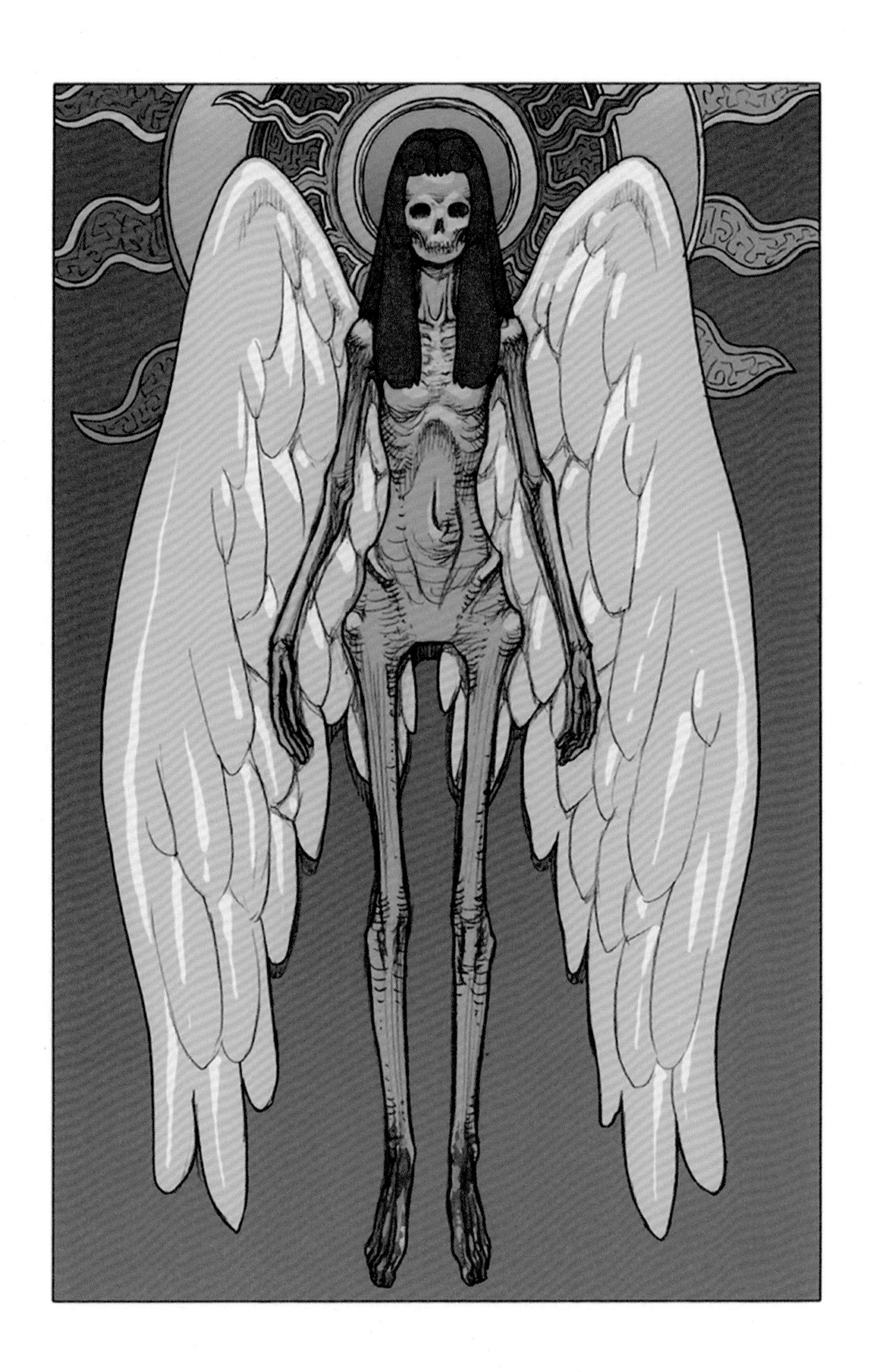

DENMA S.E. 라미 레코드

© 양영순, 2017

초판 1쇄 인쇄일 2017년 7월 17일
초판 1쇄 발행일 2017년 7월 25일

지은이 양영순
펴낸이 정은영
책임편집 이책
디자인 손봄(김원경, 홍지은, 서정아)

펴낸곳 (주)자음과모음
출판등록 2001년 11월 28일 제2001-000259호
주소 04083 서울시 마포구 성지길 54
전화 편집부 (02)324-2347, 경영지원부 (02)325-6047
팩스 편집부 (02)324-2348, 경영지원부 (02)2648-1311
E-mail neofiction@jamobook.com

ISBN 979-11-5740-143-7 (04810)
979-11-5740-100-0 (set)